GUÍA DE LECTURA

Escrita por Flore Beaugendre
Traducida por María Olivera Álvarez

El conde de Montecristo

de Alejandro Dumas

Entiende fácilmente la literatura con

ResumenExpress.com

www.resumenexpress.com

ALEJANDRO DUMAS

ESCRITOR FRANCÉS

- **Nacido en 1802 en Viller-Cotterêts (Francia)**
- **Fallecido en 1870 en Puys (Francia)**
- **Algunas de sus obras:**
  - *Pascual bruno* (1838), novela
  - *Los tres mosqueteros* (1844), novela
  - *El conde de Montecristo* (1844-1845), novela

Alejandro Dumas (1802-1870), al que a menudo nos referimos como «padre» para diferenciarlo de su hijo, es un escritor francés, cercano al romanticismo. Hijo de un general de orígenes afro-antillanos, empieza a trabajar desde muy joven antes de centrarse en la escritura. Muy pronto conoce el éxito con sus vodeviles y sus dramas históricos. Es entonces cuando escribe una cantidad impresionante de obras, entre las que se puede destacar *Enrique III y su corte* (1829) o también *Kean o desorden y genio* (1836). Pero pasará verdaderamente a la posteridad con su serie de crónicas históricas, especialmente con la trilogía de *Los tres mosqueteros* o con *El conde de Montecristo*, ambas de 1844.

EL CONDE DE MONTECRISTO

TESTIGO DE LA HISTORIA Y SÁTIRA DE LA SOCIEDAD

- **Género**: novela
- **Edición de referencia:** Dumas, Alejandro. 1987. *El conde de Montecristo*. Madrid: Gaviota
- **Primera edición**: 1845
- **Temáticas**: prisión, evasión, venganza, injusticia

Alejandro Dumas escribe *El conde de Montecristo* en colaboración con Auguste Maquet. Terminada en 1844, la novela aparece primero en entregas antes de publicarse en forma de volumen entre 1844 y 1846. Inspirado en hechos reales, relata la historia de Edmond Dantés, un joven a quien la vida le sonríe hasta que es injustamente acusado de bonapartismo y es encarcelado durante catorce años. Cuando logra escaparse y se hace rico, decide vengarse de todos los responsables de su desgracia.

El conde de Montecristo es una obra clave de la literatura francesa e internacional, y suscitó numerosas versiones en el arte de todo el mundo.

RESUMEN

CAPÍTULOS 1-5

El *Faraón* llega a Marsella después de una escala en la isla de Elba, donde el difunto capitán encargó a su segundo, Edmond Dantés, que recuperara una carta para llevarla a París. El armador, el señor Morrel, nombró a Dantés como nuevo capitán. Danglars, el contable supervisor, está celoso.

Edmond va rápidamente a reencontrarse con su prometida Mercedes, a quien encuentra con Fernando Mondego. Este está enamorado de la joven, pero Mercedes solo quiere a Edmond. Fernando está furioso y, cuando se cruza con Caderousse y Danglars, este último lo incita a que denuncie a Edmond por bonapartismo (partidario de Napoleón Bonaparte, emperador francés, 1769-1821). Entonces, Dantés es detenido.

CAPÍTULOS 6-13

El sustituto del procurador del rey, Villefort, se dispone a liberar al joven cuando encuentra la carta que Edmond debe llevar a París: está dirigida al Sr. Noirtier, el padre de Villefort, un bonapartista. Aterrorizado por sus posibles consecuencias, Villefort envía a Dantés a la prisión del castillo de If. También le revela al rey Luis XVIII (1755-1824) el contenido de la misiva, pero llega demasiado tarde: Napoleón marcha sobre París y recupera el poder.

CAPÍTULOS 14-20

Edmond Dantés ve pasar los años sin perspectivas de un proceso. Un día su vecino de celda, el abad Faria, moribundo, le revela que existe un tesoro escondido en la isla de Montecristo que él ha heredado y que cede al joven. Cuando Faria muere, Dantés ocupa el lugar del cadáver del anciano en su sudario. Lo tiran al mar catorce años después de su encarcelamiento.

CAPÍTULOS 21-25

Dantés nada hasta una isla deshabitada y después logra subirse a un navío. Espera a que llegue la ocasión para desembarcar en la isla de Montecristo y descubrir el inmenso tesoro del abad Faria. Después se informa sobre su padre y su prometida, y se entera de que el primero ha muerto y de que la segunda se ha ido.

CAPÍTULOS 26-30

Disfrazado de sacerdote italiano y con el nombre de abad Busoni, Dantés se presenta en casa de Caderousse. Haciéndose pasar por el ejecutor testamentario de Dantés, explica que el deseo del joven era repartir un diamante entre los cinco seres que había querido: su padre, Mercedes, Danglars, Fernando y el propio Caderousse. Entonces, este último denuncia los actos de Danglars y Fernando, y desvela que Mercedes se ha casado con Fernando. También evoca la bondad del Sr. Morrel y sus problemas financieros. Dantés le ofrece anónimamente al Sr. Morrel lo necesario para pagar sus deudas, salvándole así de la quiebra y del suicidio.

CAPÍTULOS 31-38

Diez años más tarde, el joven barón Franz d'Épinay se encuentra en Marsella con el hijo de Fernando Mondego, el vizconde Albert de Morcef. Conocen al misterioso y riquísimo conde de Montecristo. Este se convierte en el protector de los dos jóvenes y hace que Albert escape de un intento de secuestro. A cambio, Montecristo le pide a Morcef hijo que lo introduzca en la alta sociedad parisina.

CAPÍTULOS 39-45

Montecristo es recibido en casa de los Morcef, donde conoce a Morrel hijo, Maximiliano, a quien aprecia. Alberto les presenta el conde a sus padres: Fernando no lo reconoce, al contrario de Mercedes, que está aterrorizada.

Montecristo compra una casa en Auteuil que pertenecía a la suegra de Villefort. Su intendente, Bertuccio, le cuenta que un día descubrió una caja que Villefort acababa de enterrar en el jardín: en su interior había un bebé. Él lo había criado, lo llamó Benedetto, pero el niño le defraudó. Bertuccio también le revela que ha visto a Caderousse asesinar al joyero al que acababa de venderle el diamante del abad Busoni.

CAPÍTULOS 46-52

Montecristo acude al banco de Danglars y le pide que le abra un crédito ilimitado. Despliega un abanico de astucias para acercarse a la familia de Villefort y salva a su hijo: Villefort viene a agradecérselo.

Maximiliano Morrel mantiene un romance secreto con la hija de Villefort, Valentina, que a su vez está prometida con Franz d'Épinay.

CAPÍTULOS 53-61

Haydée, la joven que acompaña a Montecristo a todos los sitios, reconoce a Fernando de Morcerf como el hombre que traicionó a su padre, Ali Pacha, y que la vendió como esclava.

Cuando el joven Albert de Morcef rechaza casarse con la hija de Danglars, Valentina de Villefort y Maximiliano tienen un gran problema: el prometido, Franz d'Épinay, anuncia su regreso. El abuelo de Valentina, Noirtier, paralizado, promete hacer todo lo posible para evitar la boda.

Montecristo realiza diversas maniobras para hacerle perder un millón a Danglars.

CAPÍTULOS 62-65

Montecristo da una recepción en su casa de Auteuil. Bertuccio reconoce a la Sra. Danglars como la antigua amante de Villefort y, por tanto, madre de Benedetto, quien también está presente bajo la identidad de un príncipe italiano, Cavalcanti. Entonces Montecristo les cuenta a sus invitados, en forma de cuento anodino, la verdadera historia de los amantes y del bebé. La Sra. Danglars y Villefort están desconcertados.

CAPÍTULOS 66-75

 Durante un baile, Mercedes y Montecristo conversan sin hablar explícitamente de su pasado.

Maximiliano le propone a Valentina huir, pero su abuela, la Sra. de Saint-Méran, fallece y Valentina rechaza su proyecto. El médico sospecha que hayan envenenado a la anciana. Franz d'Épinay acude para firmar el contrato de matrimonio, pero Noirtier impide la unión al revelar que él es el asesino del padre de Franz.

CAPÍTULOS 76-83

Haydée cuenta cómo su padre, Ali Pacha, el jefe de Estado griego de Janina, fue traicionado por su brazo derecho, un soldado francés que lo entregó a los turcos y que asesinó a toda su familia. Solo Haydée fue vendida como esclava, que más tarde compró Montecristo. Al día siguiente, un artículo sobre la traición señala implícitamente a Fernando de Morcef como culpable.

Tras un nuevo envenenamiento cuyo objetivo era Noirtier, el médico sospecha que Valentina es la culpable.

Caderousse y Benedetto se alían para robar la vivienda de Montecristo, pero este, disfrazado de abad Busoni, intercepta a Caderousse. Lo deja huir, sabiendo que Benedetto terminará con él. Mientras está agonizando, Montecristo le revela su identidad.

CAPÍTULOS 84-92

Se abre una investigación sobre las artimañas de Morcef y durante la misma, Haydée certifica: Morcef es declarado culpable. Albert jura que matará al responsable de estas revelaciones y reta al conde a un duelo. Mercedes visita a Montecristo: le cuenta cómo Fernando lo denunció muchos años antes. Mercedes expresa su amor indefectible hacia Edmond Dantés, y le suplica que perdone a su hijo. Montecristo promete que dejará que lo mate. Pero Albert acude a presentar sus excusas: Mercedes le ha contado todo. Entonces, decide abandonar París con su madre. El conde ofrece a su antigua prometida dinero que ella acepta para entrar en el convento. Montecristo se da cuenta de que ama a Haydée como antes amaba a Mercedes. Fernando exige explicaciones y el conde le revela su identidad. Fernando huye, aterrorizado, y se suicida.

CAPÍTULOS 93-103

Valentina se queja de un malestar y se desvanece. Maximiliano corre a casa de Montecristo, quien acepta ayudarlo al enterarse de su historia de amor. El médico confirma que la joven ha sido envenenada.

Danglars obliga a su hija Eugenia a casarse con Cavalcanti porque, al borde de la quiebra, necesita su fortuna. El día de la boda Montecristo amenaza a Cavalcanti/Benedetto con revelar toda la verdad sobre él y este huye. Eugenia huye hacia Bélgica para escapar del yugo masculino. Benedetto es detenido.

El conde salva a Valentina, que está muy enferma. Ella se da cuenta de que su suegra intenta matarla: Montecristo le explica que quiere apropiarse de su herencia para su propio hijo, Eduardo. Le da una pastilla a la joven y al día siguiente, esta parece estar muerta.

CAPÍTULOS 104-113

Montecristo extorsiona cinco millones más a Danglars al ponerlo ante la imposibilidad de liquidar sus propias deudas. El banquero huye.

Montecristo desvela a Maximiliano que es Edmond Dantés y le hace prometer al joven que, a pesar de estar desesperado por la muerte de su amada, no pondrá fin a sus días antes de un mes.

Villefort anuncia a su mujer que sabe que ella es la asesina y le pide que se suicide. Durante su proceso, Benedetto revela la historia de su nacimiento: Villefort, devastado, reconoce los hechos. Constata que la Sra. de Villefort efectivamente se ha suicidado, pero que también mató a su hijo Eduardo. El abad Busoni le informa de que es Edmond Dantés. Villefort le enseña los cuerpos y le pregunta si su venganza está completada: el conde duda por primera vez del bien fundado de su proceder y abandona París.

CAPÍTULOS 114-117

En Italia, Danglars prevé comenzar una nueva vida con cinco millones de francos, pero es capturado por un bandido que actúa siguiendo órdenes. Le exige sumas considerables para alimentarle: Danglars está casi arruinado. Una voz le pregunta si no se arrepiente de sus actos, el banquero jura que sí. Entonces, Montecristo le desvela que es Dantés antes de dejarlo ir.

Maximiliano, siempre deseoso de morir por Valentina, se encuentra con el conde. En ese momento, la joven aparece, ya recuperada de su largo coma. Montecristo pone a prueba a Haydée y esta confirma que su amor es desinteresado: por fin el conde es feliz. Él cede todos sus bienes franceses a Maximiliano.

ESTUDIO DE LOS PERSONAJES

EDMOND DANTÉS O EL CONDE DE MONTECRISTO

Edmond Dantés es, al principio de la novela, un «joven de unos dieciocho a veinte años, de elevada estatura, cuerpo bien proporcionado, hermoso cabello y ojos negros» (Dumas 1987, cap. 1). Es un ser totalmente positivo: amable e inteligente, respeta los valores tradicionales y todo le va bien. Su bondad lo lleva incluso a apreciar a los que se celan de su buena fortuna. Su carácter ingenuo tiende a la caricatura.

El personaje que conocemos a la salida de prisión no tiene nada ver con el joven Dantés. Prueba de ello es su simbólico cambio de identidad y de apariencia. La traición y la injusticia de las que ha sido víctima lo llevan a experimentar una y otra vez sentimientos de odio. Su relación con el abad Faria simboliza el último nexo que lo une a la humanidad, pero cuando este muere no duda, a pesar de su pena, en utilizarlo. Entonces, el conde de Montecristo se ve completamente dominado por su deseo de venganza y deja tras él, junto con su antiguo nombre, todo lo que caracterizaba al hombre que era antes de entrar en prisión. En su opinión, desde ese momento el mundo se divide en dos categorías de seres: los que lo han traicionado y los que lo han apoyado. Así, él representa el arquetipo de vengador en la literatura. Su visión maniquea de la existencia parece disiparse únicamente cuando logra reencontrar su amor perdido en la persona de Haydée.

MERCEDES

Mercedes es una joven catalana de 17 años al principio de la novela. Huérfana, vive en la pobreza, pero es especialmente orgullosa y de gran belleza. Su existencia está dominada por su amor hacia Edmond Dantés. Ella es una de las víctimas más afectadas por el complot contra Dantés: al creerlo muerto, se resigna a una vida que le desagrada casándose con Fernando Mondego. Entonces, la corroen los remordimientos y la nostalgia. Desde el punto de vista de Dantés, su resignación y su pasividad constituyen una traición que pretende castigar, a la vez que sigue queriéndola, a pesar de todo.

Sin embargo, Mercedes demuestra cierta valentía, primero al enfrentarse al conde de Montecristo, y después al renunciar a su marido y a sus riquezas cuando se entera del papel real de Fernando en el encarcelamiento de Dantés. Desde ese momento, ya no le queda nada, excepto su amor por su hijo Alberto. Su sufrimiento final y su desenlace hacen de ella uno de los personajes más castigados de la novela, si bien su único error fue desesperarse y resignarse.

FERNANDO DE MORCEF (MONDEGO)

Al principio de la novela, Fernando Mondego está dominado por su amor hacia su prima Mercedes. Humillado por sus desaires y extremadamente celoso del amor pasional de la joven hacia Edmond Dantés, se deja manipular por Danglars, quien lo incita a traicionar al joven capitán.

Cuando elimina a su rival de forma cobarde, Fernando se

las arregla para consolar a la afligida prometida y consigue su objetivo. Después de conseguir a Mercedes, Mondego utiliza de nuevo la traición para enriquecerse: traiciona a Ali Pacha y a su familia de una forma abominable, lo que le permite hacerse poderoso y adquirir el título de conde de Morcef. Fernando de Morcef representa el poder de la fuerza armada.

VILLEFORT

Al comienzo de la novela, Gerardo de Villefort es el sustituto del procurador del rey. Se le describe como un hombre de 27 años, abierto y seductor: «con sus ojos azules, su pálida tez y sus patillas negras, estaba, en verdad, apuesto y elegante» (Dumas 1987, cap. 6). Pero ese físico amable esconde un ser oportunista y ambicioso: a pesar de los compromisos bonapartistas de su padre, Villefort ha logrado acceder a un puesto importante de la magistratura gracias a sus apoyos partidarios del rey. Por tanto, está dispuesto a todo para proteger su propia carrera: traicionar las convicciones de su padre o enviar a un inocente a prisión de por vida. Se presenta como un hombre inflexible que se deja llevar por la estrategia y la razón: «iba a casarse con una joven hermosa, a quien amaba, si no con ciega pasión, por lo menos razo-nablemente, como puede amar un sustituto del procurador del rey» (Dumas 1987, cap. 7). Cuando Montecristo lo vuelve a ver, es más ambicioso que nunca. El personaje de Villefort encarna el poder de la justicia.

DANGLARS

Al principio de la novela, Danglars es un joven de 26 años. Está celoso de Dantés y es un ser avaricioso y despiadado. Contable a bordo del *Faraón*, solo le preocupa la riqueza y no duda en sacrificar fríamente al joven Dantés con el fin de obtener su puesto de capitán. Logra abrirse camino hacia el poder y, convertido en barón, obtiene un puesto de banquero importante. Cuando está arruinado sacrifica inmediatamente a su hija Eugenia, que vende literalmente al supuesto príncipe Cavalcanti para salvar su propia fortuna. Toda su existencia, así como sus actos, están motivados por la codicia: incluso cuando se ve enfrentado al hambre, no concibe separarse de su dinero. El barón Danglars representa el poder del dinero.

CLAVES DE LECTURA

UNA NOVELA HISTÓRICA

Con *El conde de Montecristo*, Alejandro Dumas se lanza en una verdadera crónica histórica. De hecho, la intriga, ficticia, está entremezclada con acontecimientos clave del siglo XIX: el elemento perturbador de la novela está directamente relacionado con el contexto político de la época.

El relato comienza en 1814: tras quince años reinando como emperador de Francia, Napoleón Bonaparte es apartado de sus funciones y obligado a exiliarse a la isla de Elba. Entonces, el rey Luis XVIII retoma las riendas del poder. En este momento el joven Dantés sigue las órdenes del difunto capitán del *Faraón* y prepara, sin saberlo, las bases de su desgracia. En esa época reina en Francia un fuerte ambiente de rivalidad entre los bonapartistas y los partidarios del rey: los nostálgicos del Imperio son perseguidos y están considerados amenazas para el gobierno real. La visita de Edmond al territorio enemigo es, por tanto, el desencadenante de las represalias de las que es víctima, ya que es acusado de elaborar un complot para que vuelva Napoleón Bonaparte. Y es que la carta que debía llevar a París anuncia ese golpe de Estado: Napoleón marcha sobre París en marzo de 1815 y se apodera del poder. Entonces comienza el período de los Cien Días, al que Dumas dedica un capítulo, antes de otra vuelta a la monarquía. De esta forma, el lector está inmerso en la historia. Tiene una visión general de los diferentes acontecimientos geopolíticos de la época: el comercio marítimo en pleno ascenso, las guerras de Oriente, el contexto político francés, etc.

Aunque se trata de una ficción, la propia intriga está inspirada en la realidad: el destino de Edmond Dantés tiene sus raíces en la historia de Pierre Picaud, joven injustamente acusado de espionaje por tres de sus amigos cuando está a punto de casarse con su prometida. Cuando sale de prisión, se adueña de un tesoro y vuelve para vengarse de quienes lo traicionaron. El recorrido del conde de Montecristo está claramente calcado sobre el de este hombre, bien conocido por el público cuando se publica la novela.

El hecho de que la intriga tenga sus raíces en hechos históricos al principio de la obra, así como la semejanza del héroe con una víctima de un suceso real, garantizan una apariencia realista al relato, aunque evidentemente se trata de una ficción con, a veces, un toque sobrenatural. De hecho, para Dumas la historia siempre es únicamente «un clavo del que cuelg[a] [sus] novelas».

LA JUSTICIA Y SUS LÍMITES

El conde de Montecristo ofrece una visión incompetente de la justicia humana. La conspiración de la que es víctima Edmond Dantés es, efectivamente, doblemente injusta: no solo es víctima de una denuncia calumniosa, sino también de un juicio arbitrario. La vida de este personaje es sacrificada continuamente por intereses personales. Dumas propone una verdadera sátira del sistema judicial de la época, algo que percibimos por los pensamientos que le atribuye a Danglars: «Sólo me atormenta el pensar que si la justicia diera libertad a Dantés... ¡Oh...!, no añadió, sonriendo

con satisfacción, la justicia es la justicia, y en ella confío»
(Dumas 1987, cap. 5). Por tanto, muy pronto en la novela se
intuye que Dantés no debe confiar en absoluto en la justicia
francesa para que se descubra la verdad. También nos damos
cuenta de que tampoco hay mayor justicia divina: de hecho,
Caderousse destaca que los malos han sido recompensados
cuando los buenos han sido castigados.

Ante este doble fracaso, Dantés decide hacer justicia por sí
mismo. En este aspecto se asemeja a Dios, al decidir el destino del prójimo. Planea recompensar a los que lo ayudaron
y sufrieron, como el señor Morrel, y castigar a sus verdugos,
es decir, a Fernando, Danglars y Villefort. Solo Mercedes
representa un caso aparte desde su punto de vista, ya que,
si considera que ella lo ha traicionado, no puede obviar
su amor: la castigará tanto como la apoyará. Por tanto, el
conde de Montecristo profesa la ley del talión y convierte su
meticulosa venganza en su único objetivo: hará sufrir a los
que acabaron con su vida, infligiéndoles un dolor digno del
suyo propio, antes de causarles la muerte.

Pese a todo, esta visión maniquea de sus contemporáneos
tiene sus fallos: al final Montecristo se da cuenta de que tal
justicia está igualmente limitada, puesto que él no tiene la
omnipotencia y omnisciencia divina. Hay elementos que
escapan inevitablemente a su control y le impiden estar
satisfecho: el conde se percata de esto cuando descubre
que Eduardo ha muerto. Así, no llega al final de su propó-
sito, puesto que finalmente perdona al barón Danglars.
Por tanto, Montecristo acepta que no pueda alcanzar su
felicidad mediante la venganza, sino más bien mediante

el amor que logra sentir de nuevo hacia Haydée. A través del recorrido de este personaje maltratado, Dumas quiere seguramente demostrar que es imposible que un hombre haga justicia por sí mismo y que debe resignarse a confiar en la justicia divina.

UNA SÁTIRA DE LA ALTA SOCIEDAD FRANCESA

La novela de Dumas presenta una sátira virulenta de la sociedad de su época. De hecho, el autor describe todos los defectos inherentes de su mundo. En primer lugar, resulta sorprendente constatar que los tres poderes más grandes del Estado (el dinero, las fuerzas armadas y la justicia) estén encarnados por los enemigos de Montecristo. Todos han actuado de forma cobarde para llegar al poder y todos han recibido su recompensa: así, Dumas da a entender que sus malversaciones pasadas desaparecen en cuanto alcanzan un rango importante. Los tres personajes están controlados por su propio interés y demuestran un oportunismo y un cinismo desconcertantes: de esta forma, Villefort no duda en adherirse al clan partidario del rey para lanzar su carrera; por su parte, Lucien Debray, el amante de la señora Danglars, utiliza ostensiblemente a la mujer del banquero para satisfacer sus necesidades financieras. El lector descubre un mundo en el que el dinero es el rey. Así, el falso príncipe Cavalcanti, encarnado por Benedetto, se convierte en un deseado partido, y el conde de Montecristo, como es rico, se integra en todos los círculos de la alta sociedad y nadie se cuestiona su misterioso pasado. Consecuentemente, el autor demuestra que todos los valores humanos están subvertidos por la atracción del dinero.

Alejandro Dumas también presenta personajes con virtudes sinceras que le permiten acentuar la fealdad de la hipocresía de la alta sociedad. Efectivamente, encontramos en este mundo parisino algunas figuras encantadoras que son literalmente ahogadas por los vicios de su entorno. De esta forma, tanto Valentina de Villefort como Eugenia Danglars, ambas independientes de espíritu y desinteresadas, son sacrificadas sobre el altar de las ambiciones paternales y se ven obligadas a exiliarse. En cuanto a Alberto de Morcef, él demuestra dignificad y lealtad en la adversidad. Estas víctimas están encarnadas, de forma simbólica, por la descendencia de los verdugos de Edmond Dantés, lo cual ofrece una pizca de esperanza en el mundo descarado que describe el autor. Por otro lado, la novela termina con una moraleja positiva: la alta sociedad y sus actores son castigados, mientras que el desinterés y la pureza del amor se ven recompensados, aunque para ello sea necesario irse de París. Así, Dumas demuestra en *El conde de Montecristo* que la alta sociedad francesa difunde unos valores corrompidos y que es necesario deshacerse de ellos.

PISTAS PARA LA REFLEXIÓN

ALGUNAS PREGUNTAS PARA PROFUNDIZAR EN SU REFLEXIÓN...

- ¿Cómo aborda Dumas el tema del suicidio?
- ¿Cómo se puede ver en el recorrido de Edmond Dantés el itinerario inverso al que se espera de un héroe de novela de aprendizaje?
- ¿De qué forma asemeja el autor la vida en prisión a la muerte?
- Explique en qué aspecto la elección de las diferentes identidades de Montecristo revela diversos aspectos de su personalidad.
- ¿Por qué el papel del abad Faria, aunque aparentemente insignificante, es capital en el avance de la intriga?
- Las últimas palabras de Dantés a Maximiliano son: «¡Confiar y esperar!» (Dumas 1987, cap. 19). ¿Cómo se aplica este adagio de forma retrospectiva al conjunto de la novela?
- ¿Cómo se manifiesta en la novela la atracción romántica hacia el exotismo?
- ¿En qué se puede ver una semejanza entre *El conde de Montecristo* y la novela gótica?

¡Su opinión nos interesa!
¡Deje un comentario en la página web de su librería en línea,
y comparta sus favoritos en las redes sociales!

PARA IR MÁS ALLÁ

EDICIÓN DE REFERENCIA

- Dumas, Alejandro. 1987. *El conde de Montecristo*. Madrid: Gaviota

ADAPTACIONES

La novela de Alejandro Dumas ha inspirado numerosas adaptaciones desde 1918. Se pueden destacar las versiones siguientes, ambas cercanas a la novela:

- *El conde de Montecristo*. Dirigida por Robert Vernay, con Jean Maris, Lia Amanda, Roger Pigault y Jacques Castelot. Italia y Francia, 1954.
  Robert Vernay realizó una primera versión de la película en 1943 durante la Ocupación.
- *La Venganza del conde de Montecristo*. Dirigida por Kevin Reynolds, con Jim Caviezel, Dagmara Dominczyk, Guy Pearce y James Frain. Reino Unido, Estados Unidos e Irlanda: Touchstone Pictures y Spyglass Entertainment, 2002.

Además, en Francia la obra también se adaptó en forma de miniserie y tuvo mucho éxito:

- *El Conde de Montecristo*. Miniserie dirigida por Josée Dayan, con Gérard Depardieu, Ornella Muti, Jean

Rochefort, Pierre Arditi y Michel Aumont. Francia, Italia y Alemania: TF1, GMT Productions, DD Productions, CITE FILMS Productions, Mediaser y Taurus Film, 1998.

EN RESUMENEXPRESS.COM

- Guía de lectura de *Los tres mosqueteros* de Alejandro Dumas.